高原遇故乡

杨亚彬 著

中国文联出版社
http://www.clapnet.cn

图书在版编目（ＣＩＰ）数据

高原遇故乡 / 杨亚彬著 . —— 北京 ：中国文联出版社，
2018.9
ISBN 978-7-5190-3881-6

Ⅰ．①高… Ⅱ．①杨… Ⅲ．①诗集－中国－当代
Ⅳ．① I227

中国版本图书馆 CIP 数据核字 (2018) 第 210282 号

高原遇故乡

作　　者：杨亚彬

出 版 人：朱　庆　　　　　　　终 审 人：朱彦玲
责任编辑：王　斐　　　　　　　复 审 人：王　军
封面设计：赵乃新　　　　　　　责任校对：晨　汐
封面题字：孙志辉　　　　　　　责任印制：陈　晨

出版发行：中国文联出版社
地　　址：北京市朝阳区农展馆南里 10 号，100125
电　　话：010-85923039（咨询）85923000（编务）85923020（邮购）
传　　真：010-85923000（总编室），010-85923020（发行部）
网　　址：http：//www.clapnet.cn　　http：//www.claplus.cn
E － mail：clap@clapnet.cn　　wfei03@163.com

印　　刷：三河市百福春印刷有限公司
装　　订：三河市百福春印刷有限公司
法律顾问：北京市德鸿律师事务所王振勇律师
本书如有破损、缺页、装订错误，请与本社联系调换

开　　本：710×1000　　　　　　1/16
字　　数：99 千字　　　　　　　印　张：13.5
版　　次：2018 年 9 月第 1 版　　印　次：2018 年 9 月第 1 次印刷
书　　号：ISBN 978-7-5190-3881-6
定　　价：98.00 元

从这里开始读诗人亚彬（序）

王德清

诗人亚彬是我的挚友，也是我的兄弟。

行走在他的字里行间，我看到了金色的油菜花摇曳漂浮在眼前……那是我们相逢在春天里。如果你看到了雪山下招手呼唤的经幡……那是你梦见我们打马追逐在草原。

当诗人的灵魂悸动不安的时候，黑夜也无眠了。一颗搏起的心游走在万物的生命里，你所希望和不希望的欲望，都次第般地于润物细无声中延续并迅速膨胀……

翻开诗人亚彬的开篇之作《梦中的西藏》向西向上／向着太阳的地方……你是我生生世世／永恒不变的向往……诗人以推心置腹的语言讲述向西向上的虔诚，由内而外迸发出执着与心灵的向往，梦中的净土触手可及，驿动的心留给诗与远方……听：藏音想起／我在你一浪／高过一浪的包裹里／沉沦……藏音想起／我在你一浪／高过一浪的淹没里／升腾……简洁质朴且静如止水，藏音像一个无形的包裹，心、在一浪高过一浪里沉沦至升腾，语言生动形象，画面感极强。当我们放下所有的牵挂，有多少期待拥有的时间呢？诗人亚彬的高原情怀如万涓汇聚，用心丈量高原不高，山顶就在脚下，远方不远，站起来是干净的灵魂。

在诗人亚彬的笔下：每一个人都无法决定怎样

生／但是每一个人都可以选择／如何死／天葬师手起刀落……有福活着／有缘擦肩或牵手／愿我们每个人／都善待这个世界／好好爱自己。诗人在天葬师面前，心如浮尘……如果有一天／我放马草原／小何日夜歌唱／那是我的倾诉／无关思念……／如果有一天……经幡在风中猎猎／那是我的祈祷……当诗人从天葬师手里捧回属于自己的那颗心，灵魂又开始奔跑在路上。

诗人的情怀是一壶老酒，在《故乡与远方》的交织中这样写道：让我们撒下春天的种子……迎接花好月圆的来生……回首诗人的情结：回不去的／是故乡／到不了的／是远方。于是乎，当波动的情绪稳定下来，《乡村记忆七个片段》真情实感的画面扑面而来，看：繁星满天……爷爷的旱烟袋照亮了他那张古铜色的脸……一生勤俭，为善是举。

一个好的诗人就是一个真正的行者，梦在哪里，心在哪里。亚彬笔下的江南：我是一个执着的行者／马踏落花……恰如你低吟浅唱／惊醒一梦繁华。风从江南走过，自己在风中穿行……诗人的背影行走在四季更替中。

诗人亚彬在诗集最后写道：总有一天／我将离开这个世界……你再也听不到我的声音……生活在你的世界里，我从未走开。读罢亚彬的诗集，我掩卷而泣，就算是一场梦游也算是一次人生经历吧！诗人亚彬在我心目中不但是一个睿智的商人更是一个很有才华的诗人，期待他有更多的好作品以飨读者。

2018 年 6 月 6 日于成都

目　录

高原在心上

跋山涉水
逆流而上
高原在高处
高原在远方

瓦蓝的天空伸手可碰
碧绿的草原无限铺展
雪白的云朵伴着牛羊闲逛
翡翠般的湖岸上
朵朵帐篷
升腾起袅袅炊烟

声声佛号庄严了佛殿
夕阳的余晖照亮神山
饱满圆润的月亮之神
涌出山岗
小河蜿蜒流淌着月光
夜色里万物沉寂
星光下高原无眠

向西向上
向着太阳的方向
高原在天边
高原在心上

天边

在那古老的高原
有我魂牵梦绕的故园
千年冰封的神山
是常开不败的雪莲
日升月落
轮回里
红墙肃穆
白塔庄严

在那遥远的天边
有我朝思暮想的笑脸
万壑千沟的大地
是饱经风霜的容颜
天地拥吻
刹那间
溪流远送
花海无言

五彩经幡迎风招展
炫目金顶袅袅松烟
碧草斜阳里
故园山外山

梦中的西藏

向西向上
向着太阳的地方
梦中的西藏
心灵的故乡

山在云上
路在天上
飞跃万水千山
只为那神圣的梦想

雪峰下的冰泉
日夜流淌
无尽的依恋
四季歌唱

西藏啊，西藏
我要终身把你追随
你是我的皈依
你是我生生世世
永恒不变的向往

藏音

藏音响起
我在你一浪
高过一浪的包裹里
沉沦

那吉祥的草原
那纯洁的雪山
那诵读的经幡
那跳动的火焰
那悠远的向往
那寂然的思念
那甜蜜的忧郁
那安守的淡然
那熟悉而又神秘的藏音啊
万千气象
裹着糌粑与酥油的味道
浸透每一个藏人的前世今生

藏音响起
我在你一浪
高过一浪的淹没里
升腾

皈依高原

第一缕春风吹过
草色返青
野花星星点点
怯生生地开
万顷草原
再次向世界敞开
年轻俊美的容颜

圣洁的湖水
在湛蓝的天空荡漾
洁白的云朵
在水底一梦千年

群峰簇拥
无处不是凝固的交响
云河流动
满目都是喧嚣的海洋

金色的阳光铺满大地
圣洁的湖水皈依神山
云层之上霞光万丈
高原之巅喜悦无边

高原的守候

雪峰将蓝天撕裂
蜷缩在秋天的怀里
蒿草正一浪一浪
漫过我的头顶
那些在风里
瑟瑟发抖的
那些站上山岗的
树和石头
粗犷忧伤又倔犟
为谁坚守

回望来时的路
那远远落在身后的
落寞与繁华啊
谁是我的最爱
谁是我的挚友
谁是我心头
那纠缠不清的忧愁

高原的风景系不住
奔流不息的江河
有一种思绪

无法用言语表达
有一种追求
注定不是同路

千回百转的叹息
拉长落日里的背影
高原啊，请你告诉我
谁是那万年不变
不变万年的
守候

沉默的高原

放下所有牵挂
我毅然决然
逆流而上
越岭翻山
只为觐见
那梦中的容颜
只为那一低头的温柔
期待相拥的瞬间

山在云之上
云在高天缠绵
那铁褐色的石骨
是我凝固的呼唤
那一浪高过一浪的山峰
是我不竭的眷恋

历尽千辛万苦
置身辽阔的高原
壮美的雪山
是永不融化的天际线
而你依然在我目力之外
在山的那一边

四月的草原
草未绿花未开
我扯一片云彩
擦一擦风尘
我踮一踮脚尖
额头顶礼到天

雪莲花静静地开在雪山上
万丈霞光照进我的心房
我放下所有
连同对你的思念
而你却如一股冰泉
活泼泼就在我的眼前

你就这样朴实无华
你就这样真切自然
你不经意的一个注视
如春风唤醒草原
你轻轻的一个拥抱
将我灵魂深处点燃

站在万山之巅
大地在脚下起伏连绵
真正的风是无声的
唯有经幡在罡风中诉说
万物与我对视

我就是万物一员
高原在我的膜拜里沉默
我就是沉默的高原

阿坝一夜

以五千米的高度抵近万里长空
高天厚土托举起高原人的梦想
以雪山和草原为底色的调色板上
高原人用眩目的金黄和深红
壮严着雪域净土
厚重的红墙和高高矗立的经幢
五彩经幡把六字真言在罡风中传颂
黝红的脸颊和匍匐的长头
还有那日夜不停油亮的转经筒
让整片山谷在经声佛号中流动

这万人的道场高原人的故乡
这虔诚的信仰灵魂的归宿
万能慈悲的佛啊
请接受我跋涉万水千山的顶礼
请为我这个外乡人洗净铅尘
万能慈悲的佛啊
请为我的生命加持能量
请为我的灵魂开光
万能慈悲的佛啊
你朱唇微启满目善良
却为何安坐如初不言不语

任我在红尘滚滚中沉浮流浪

七月的草原百花盛开水草丰美
千年雪山给天空镶嵌上华丽的金边
人群从四面八方涌来
裹挟着我温暖着我
我说不出话来
泪水如融雪的小河汨汨流淌
汇聚成湖静静躺在我心上
雪峰倒映湖底
钟声悠长了时光
雄鹰擦着山岗滑翔
斜着翅尖没入对岸的山林
氤氲的天光里我和万物一起入眠
静静等待明天的朝阳

高原花开

七月八月的藏乡
是待字闺中的朝思暮想
天边的雪峰一望白头
长长地眺望
迎来碧草与鲜花盛装的草原
这清新亮丽的模样
这一丝不易觉察的忧伤

格桑花阳光一般灿烂
羊羔花妈妈一样温暖
还有绿绒花，龙胆花
还有那风中摇曳的铃铛花
让人想起那艳丽纯粹的高原蓝
更让人心心念念地
是那回味无穷的蜜罐花
童年的时光转瞬即逝
花草的香甜
依然萦绕在游子的唇齿之间
最让人牵挂的是那雪莲花
冰雪世界经年累月坚守
如何才能让我遇见
你那忠贞不渝的容颜

仰望高原
河谷里，山崖旁
每一片纯净的绽放
都是故乡最倾情的祝福
每一朵圣洁的高举
都是妈妈最深沉的思念
雪山的光芒照亮远方
无边的清凉
伴我成长
伴我走过陌生又温暖的异乡

想念高原

想念高原
想念那干净的天空
有水的家园

十里花海托举高原的绚烂
澄澈的湖水倒映着雪山
青稞酒燃起英雄的舞步
酥油灯点亮卓玛的春天

想念汩汩如河
日夜诉说前世今生的情缘
想念离离如歌
铿锵的节奏融化游子心田

骏马奔驰在无垠的原野
雄鹰翱翔在神山之巅
转动的经筒是阿妈的依恋
猎猎经幡是盛开的雪莲

想念凄凄如草
茵茵一碧直铺到天边
想念袅袅如烟

五体投地长跪在佛前

想念高原
想念那千年万年
不变的容颜

向往高原

我日夜兼程
奔赴魂牵梦绕的高原
骏马长嘶
纵情奔驰在无边的原野
雄鹰展翅翱翔
将大写的人字
定格在天地之间

那冰封的雪山
是阳光的眷恋
那无尘的湖水
如逼眼的蓝天
抵近以至于直面
那些极尽苦难
惊世骇俗的风景
彻底的疼爱
找不到半句妥贴的语言

我五体投地
扑进高原的怀里
匍匐的长头诠释祖祖辈辈
浸透血液的信仰

满脸泪水
温暖累月经年冰冻的大地
浇灌长生天刻进基因的虔诚

高原在我想象之外圣洁
双目微垂不言不语
高原以无边的慈悲
俯瞰世界
高原以永恒的微笑
滋润觐见者
久旱干涸的心田

雪域

转眼已是秋天
彩林迷幻湖面
站在季节路口
回首往事阑珊
单薄的背影
寡色的布衫
深邃了岁月流年

竹杖拨开迷雾
寒露湿透芒鞋
行走天地之间
大雁南飞一往无前
雪莲花开在白云上
冰心素面雪域无声
高原更高处
酝酿又一个春天

荒原的行者（外一首）

（一）

独自行走在无人的高原
脚下是荒草与砂砾
心中是天地拥吻的瞬间
绯红的云霞照亮了天际线
群峰如浪
沧海无边

空气里弥漫着牛粪燃烧的味道
刚烈的风掠过雄鹰的翅尖
解冻的河流汩汩流淌
那不是神山慈悲的眼泪
那是独行者日夜兼程的欢歌
从青丝吟唱到白发
从黑夜坚守到黎明

（二）

雄鹰在雪山之巅翱翔
孤独的翅膀

倾情演绎无声的力量

浩浩长风泼墨挥毫
搅动满天飞雪
千里高原素裹银装
冰清玉洁
当朝阳喷薄而出
万丈霞光照亮波峰浪谷
千沟万壑
涌动云蒸霞蔚的交响

摇动古老的经筒
我坚定行走在万顷荒原
岁月在追求中往复
人生在信仰里轮回
天高地阔
天地苍茫
我骄傲地行走
把孑孓的背影留给夕阳

鹰崖

鹰崖之上
层峦叠嶂
万壑千沟
松涛激荡

鹰崖之上
云海茫茫
落日横斜
霞光万丈

夏草场的冬天

风无处不在
硬如岩石
冷若冰川
快似寒光闪电
疯牛般左冲右突
肆虐着亘古的草原
无处不在的风
如孤鹰掠过垭口
搅动漫天飞雪
如饿狼逡巡呜咽
裂帛长嚎撞击山峰
令天地昏暗

风止雪息
喷薄欲出的初阳
映红了巍峨的雪山
湛蓝的天空投映湖底
湖面如宝石
如灵童闪耀的双眸
看不到牛羊
望不见尘烟
唯有一弯干净的月亮

斜依天边
唯有五彩的经幡
在透明的晨光里
诉说三世情缘

千里雪雪原静如处子纯如童话
那枣红色匍匐移动的
不是喇嘛的长衫
那是一簇簇跳动的火焰
温暖着夏草场的冬天

高原情

这亘古高原
这旷世情缘
云与山缠绵
天与地依恋
我转山转水转佛塔
日日夜夜与你擦肩

我用小小的身躯
丈量大地深情
我用微弱的体温
融化万年坚冰
我用累世的修行
换今生与你相见

我虔诚的祈祷
执着向前
管他天高地远
不掺一丝杂念
大地尽头是天空
天空的尽头
是你永恒的微笑
生生世世梦绕魂牵

进入高原

从未以如此近的距离
抵达你
我的天堂
抬一抬胳膊
可摘星揽月
掂一踮脚尖
已是满眼云烟

风吹起你的长发
云流过我的指尖
面对高原
进入高原
五彩经幡是最艳丽的花朵
金色的阳光
从云层的缝隙一泻而下
六字真言响彻山谷
雪莲花盛开在雪山之巅

蔚蓝的天空一碧如洗
圣洁的湖水轻轻荡漾
如悠远的岁月
如不老的时光

高原啊，我的爱人
我从未进入
你从未走远

高原之缘

慷慨的高原
在离天最近的地方
展开雄奇的画卷

群峰簇拥
万山倾听
且不说苍穹下雪山的庄严
遥远的天际线
云彩变幻气象万千
且不说草原如毯绿茵连绵
大雪封山天地归一
千年不化的冰川下
依然可以听到汩汩的冰泉

神奇的高原
一有四季
十里不同天
匆匆百年
不过转瞬之间
过去不再留恋
未来不必牵挂
太阳照在草绿色的坡顶上

亮晶晶的雨
是宇宙星辰最美的语言

一切都不曾改变
一切当下
即是最好的缘

年轻的高原

无数个日日夜夜
数不清的朝思暮想
今天
我总算如愿
来到你身旁

山从天边汹涌而至
巨大的身躯
毫不留情地逼近
雪线之上
终年不化的冰峰直刺苍穹
深不可测的谷底
江水如千军万马
厮杀酣战不舍昼夜

亿万年前
那一场轰轰烈烈的恋爱
从此山高水远
从此沧海桑田
朝圣之路遥不可及
那些记忆无法言说
却充盈每一个后来者的
心间

康定情歌唱圆了
跑马山溜溜的蓝月亮
色达的红屋顶洗亮山谷
鹰的翅膀
托举起灵魂的故乡
年轻的高原魅力四射
多彩的大地风月无边

高原，高原

万涓汇聚
雅鲁藏布在高山峡谷
奔涌
怒吼的波涛
是不竭的呐喊
激越的浪花
是诵经的真言

万山拥戴
喜马拉雅在蓝天映衬下
庄严
连绵的山峰
是远古的巨浪
铁色的石骨
是凝固的绝恋

暖湿气流越垭口
一路向北
繁华顺河谷逆流生长
布达拉的光芒
温暖了雪域
照亮万里长空

高原不高
脚下即是山巅
远方不远
天边就在眼前
等身长头
放下的不是身段
五体投地
站起的
是干净对等的灵魂

朝圣

只因那一日日
刻入骨髓的思念
我站成一棵树
迎风裹雨
候在路边

只因那一夜夜
悄然入梦的容颜
我化作一块石
望断天涯
兀立山巅

风尘仆仆
跨越万里之遥
不为修来生
只为今天与你相见

天葬（外一首）

（一）

天葬台四面环山
诺大的山谷
充盈着死亡的庄严与神秘
空旷得令人窒息
对面山坡上醒目的六字真言
为人们安抚不安的灵魂
带来亮色和温暖

僧人沉郁苍凉的经声佛号里
成百上千巨大的双翅
无声无息掠过人们的头顶
在高空久久盘旋的神鹰
箭一般俯冲
一排排一列列
如训练有素的军队
肃立于寸草不生的坡地
喇嘛一声号令
如饿虎下山
如风卷残云
转瞬间干干净净

没有想象中的肃穆庄严
也没有传说中的残忍血腥
似乎一切从未来过
似乎一切从未发生
任凭山岗那边滚滚红尘
年轻美丽的觉姆
依然不厌其详地向后来者
一遍又一遍讲述因果与空性
一场神圣的亡人葬仪
就这样成为一拨又一拨长途旅行者
挥之不去的人生梦境

（二）

我们永远无从知晓
那些神一样的鹫鹰
如何准时出现在天葬台
赴前世今生
这灵魂的约定

每一个人都无法决定怎样生
但是每一个人都可以选择
如何死
天葬师手起刀落
超度者风卷残云

那些凡胎肉体
转瞬间一干二净
了然无痕
随着双翅起落
曾经无数次不敢想象的场景
就那样自然呈现
所有喜怒哀乐爱恨情仇
一切都成过往
所有可以预见不可预见的未来
还将伴随散开的人群继续

有福活着
有缘擦肩甚或牵手
愿我们每一个人
都善待这个世界
好好爱自己

圣湖的歌唱

湖水在天空流连忘返
天空在湖底一梦千年
蓝融于水蓝得晃眼
爱刻入心爱得深沉

曾经激情碰撞的岁月
都已凝固成高耸入云的雪峰
曾经牵肠挂肚的时光
都已化作日夜不息四季不休的沉吟

于今我在你的身旁打坐
猎猎秋风送来最质朴绵长的经声
庄严的佛号悠远了湖面
转山转水的路上都是虔诚的背影

我最爱的人啊
愿高飞的雄鹰捎去我最深情的祝福
愿圣洁的神山护佑四面八方
从此天高地阔
从此山高水长
从此海晏河清
从此长风浩荡

阿里，阿里

踏上云端之路
置身拉萨以西

面对阿里
进入阿里
世界屋脊最华丽的篇章
以最纯净绝美的姿态
裸呈
最原始最洪大的能量
无始无终无边无际
冲击着裹挟着融化着你
以至于无语
失忆

那起伏的雪原
是天地初开时的激情澎湃
那浩瀚的群山
是山耸水落时的高潮迭起
万年冰峰万年守护在朝圣路上
那刻满经文浸透汗水的玛尼堆
是天堂遗落人间的三生石
在五彩经幡絮絮的诉说中

回望亿万年前的喧嚣
那色彩斑斓晶莹剔透的湖泊
是佛陀慈悲的眼泪润物无声
寂然相望
坦然相忘
拉萨往西
是阿里
拉萨往西
最西藏
尘世最后一块净土
人间最美天堂

梦中的高原

踏上高原的路
推开故乡的门

凉爽的风扑面而来
五彩经幡灵动
白塔庄严
掬一捧雪山的水
洗尽扑扑风尘
吸一口青草浸润的奶香
清冽甘甜

青稞的光芒
在透明的阳光里闪亮
转经筒酥油茶
金碧辉煌的宫殿庙宇
皂红的喇嘛服
高原最本真的元素
在天地之间酝酿
故乡如千年封坛的老酒
温暖了岁月
惊艳了时光

开满鲜花的草原上
小伙儿策马奔腾
诠释着生命
与生俱来的自由与欢畅
卓玛轻盈的舞步
引得白云驻足
醉了星星月亮

梦中的高原
心灵的牧场
千里迢迢
我要回到你的身旁
我要为你歌唱

仰望色达

题记：色达问色色即空
　　　五明悟空空即色

不管前世还是今生
注定
这是一次不同凡响的旅程
仰望色达
逆流而上
大经堂庄严的金顶
在四千米的高处熠熠生辉
层层叠叠绛红色的木屋
如一颗颗跳动的心脏
铺满山谷
染红了大地和天空
如潮水涌动
如不可阻挡的队列滚滚向前
淹没一切
摧毁一切
同化一切

那随处可见身着僧袍的人们
那万头攒动打坐诵经的人们

住同样的房子
吃同样的饭食
做同样的事情
他们眼中只有同一种色彩
心里想着同一个声音
即使有一天往生了
也要踏上同一条路
伴随通灵的神鹰一路归西
他们一个个从容不迫的神情
一个个瘦弱
却不单薄的身影
如一座座智慧的灯塔
庄严了自己
唤醒了世人

观

在百川之源
在万山之巅
我以虔诚敬畏之心
直面这世界屋脊
地球中心

风从四面八方来
搅动漫天飞雪
擦净了双眼
我听到亿万年冰盖之下
神圣洁净的水日夜歌唱
我看到五彩的火烧云
绚丽了蔚蓝的天空
雪域冰峰巨大庄严的静寂里
灵性回归
灵魂与万物同在

山脚下草原一碧万顷
无边花海簇拥着
古老的藏寨
深切谷底的河流奔腾不息
曲折中向前

行进中阔大
滋养沿途壮丽的风景
丰厚古往今来
变幻无痕的时光
回望来路
初心无恙
不问前程
逐梦飞翔

梦中的草原

远远地
我望见花开的模样
静静地
我听见花开的声音

远山肃穆
草海无边
澄澈的小河渐行渐远
日夜不息的脚步
倔强地诠释对远方的眷恋
湛蓝的天空沉醉湖底
湖水轻轻摇晃
温柔呼唤着对生命的留连

繁华即至
秋亦不远
草原的夏天稍纵即逝
向晚的风穿过我的头发
鹰斜着翅膀掠过山巅
转经筒的铃声如一片云
从迢遥的天际
飘过我的心尖

我从原上走过
原上一片春色
斜阳拉长了身影
泪水浸湿了松烟

跟着扎西去西藏

雪山皑皑闪耀着圣洁的光芒
草地青青点缀洁白的毡房
藏乡向你伸出热情的臂膀
跟着扎西去西藏　去西藏

炊烟袅袅散发着迷人的藏香
小河弯弯汇成歌舞的海洋
高原已经敞开温暖的胸膛
跟着扎西去西藏　去西藏

一路向西　一路向上　一路欢唱
一路向往　一路梦想　奔向光芒
雪域秘境是梦中的新娘
跟着扎西去西藏　去西藏

向着太阳　向着故乡　向着信仰
告别烦恼　告别忧伤　心的天堂
六字真言是心底的情郎
跟着扎西去西藏　去西藏

高原姑娘

你是清亮亮的小河
在碧草连天的草原上撒下银铃般的欢笑
你是怯生生的小鹿
在冰清玉洁的雪山上迎着风儿忘情舞蹈

春风揉醒了花海
那是你五彩的心事泛着淡淡的春潮
秋雨洗净了月亮
那是你善睐的明眸透着小小的烦恼

你在高原上伴着牛羊奔跑
我愿意是你脚下那无处不在的花草
你在帐篷里为着老小操劳
我愿意是灶膛里那哔哔剥剥的火苗

啊　美丽的高原姑娘
你是我的呼吸我的心跳
啊　勤劳的高原姑娘
我恋你爱你直到天荒地老

如果有一天（外一首）

（一）

如果有一天
我放马草原
小河日夜歌唱
那是我的倾诉
无关思念

如果有一天
我登上高山
经幡在风中猎猎
那是我的祈祷
不是哀怨

如果有一天
沧海桑田
我将放下对你的思念
安心地长成一棵树
站在你打马走过的草原

如果有一天
星移斗转

我将消失在你的空间
坦然地开成一株花
候着你那一低头的瞬间

如果有一天
春风唤醒花海
雪莲在阳光里摇曳
那是我候你的
经年的信念

如果有一天
蒿草没过头顶
风雪白了高山
那是我离离的
梦成云烟

如果有一天
你沉默无言
我将在袅袅的香雾里
幻化成佛前那一粒莲
轻轻叹息那年轻的容颜

如果有一天
你寂然转身
我将在瑟瑟的寒风中
做一只南飞的孤雁

越飞越远直至天的那一边
越飞越远直至天的那一边

（二）

如果有一天
我放马草原
小河在日夜歌唱
那是我的倾诉
无关思念
如果有一天
我登上高山
经幡在风中猎猎
那是我的祈祷
不是哀怨

总有一天
我会洗净尘烟
化成佛前的莲
日夜默念

总有一天
繁华都成云烟
过往多少风景
不再留恋

如果有一天
风儿吹拂湖面
阳光在花海蔓延
那是我候你的
不变容颜

如果有一天
北燕南飞远
蒿草没过我头顶
那是循你的梦
直到天边

总有一天
沧海变成桑田
前世因果情缘
今生再见

总有一天
你在寂然转身
花开十里人间
一路春天
花开十里人间
一路春天

梦中的云

梦中的云
在高天云上流浪
梦中的云
在内心深处忧伤
······

有时你是一群温驯的羊
在蔚蓝的草场闲逛
有时你是一只落单的鹰
在寂寞的山巅翱翔
旭日初升朝霞漫岗
你为万物披上五彩霓裳
夕阳西下日照金山
天地都是你诵经的道场

高原是你的故乡
月亮是你的伴娘
你是我的轮回
我是你缘定三生的情郎

雪山朵朵

白云是天空的雪山
雪山是高原的云朵
白云是流动的香雾
雪山是打坐的佛陀

掠过雪山巍峨
我就是经香婆娑
穿越云海茫茫
我就是无言的佛陀
哈达是永恒的微笑
湖泊是泪眼滂沱

我是五彩的哈达
我是湛蓝的湖泊
我是雪山座座
我是白云朵朵

草原晚风

晚风轻拂
夕阳西下
粼粼的湖面
铺就金光闪闪的大道
斜飞的雁阵
驮起绯红的晚霞

星空璀璨
月光静洒
悠长的马头琴
是草原永不凋谢的情话
黝黑的转经筒
让我想起天边的阿妈

天边的
阿妈

高原彩林

深秋的高原
裹霜的风无处不在

草海枯黄无边
满目苍凉
遥远的天际线
雪峰与白云为伴
天空蔚蓝如镜
蓝得纯粹
深邃得晃眼

孤独的鹰
悄无声息地盘旋
临风的翅尖掠过
诺大的山谷里
涌动的彩林铺天盖地
赤橙黄绿
山林河湖
千万种颜色交织
千万种绚烂裸呈
在这轮回重生的季节
在这人迹罕至的空谷

高原以它最热烈无声的绝唱
最隆重简朴的仪仗
诠释情到深处
最为极致的风景

深深的秋里
高天厚土
行将冰封的大地
载不动我深沉的泪水
溪流远送
长风当歌
一扫我莫名的闲愁

高原为我深情
我与高原同在

红叶谷

经历春的孕育夏的蓄积
所有深爱
在这轮回转换的季节
瞬间迸发不能自已
所有热情
在这空旷无人的山谷
倾情演绎告白
红得那么热烈
袒露得那么彻底

虔诚的人们从四面八方涌来
只为一睹你的芳容
我却在风中
静静欣赏你无声的舞蹈
在人群深处
拾起
你一片一片飘零的心
抚摸着你脉络分明
带着体温的心路历程
心疼你
骄傲你
极尽绚烂的奢华

沧桑了自己
艳丽了山川大地

彩林迎风万头攒动
山谷流泉激越淙淙
岁月无痕
天地不语
转山转水转塔
风情万种
不及你匆匆一瞥
转眼转身转念
万千宠爱
不及你轻轻一拥

我的高原

从未到过高原
你不知道什么是伟岸
从未抵近神山
你不知道什么叫雄浑
从未经历雪域的冬天
你怎知刺骨严寒的滋味

从未五体投地
请不要自诩虔诚
从未面对天葬
请不要轻言信仰
从未进入西藏
请不要奢谈远方

那黝红消瘦的面庞
刻进骨子里的风霜
那淡定从容的步伐
融入生命中的坚强
令人肃然起敬
叫人心疼忧伤

雪域高原啊

我的前世
我的今生
我生命的阳光
我心灵的牧场

空山寻梦

秋天尚未转身
冬季已然来临

西北风越过山脊
吹面如割
吼地生寒
凄凄荒草迎风起舞
那是万顷草海壮美的诗行
淙淙溪流掩冰前行
那是寂寞高原生命的绝唱

那一树树绯红
绚烂了无人空谷
那一柄柄明黄
摇曳着尘世华章
那一片片临空飞舞的落叶啊
那不是季节的凋零
那是一只只迷人的彩蝶
落在山涧中
落在草丛里
落在石头上
嬉戏打闹

追逐在通往春天的小径

只是谁也不知道
那是一座空山

深情

峡谷千丈
锁不住奔腾不息的江河
高山万仞
挡不住我对你磅礴的思念
我昼夜兼程
顶风冒雪
越千山涉万水
只为今生与你相见

雄伟的雪山守护着高原
圣洁的雪线下
你身披七彩盛装
阳光里孤傲地盛开
五颜六色不足描摹你的色彩
五光十色不足赞美你的艳丽
黄得那么彻底
红得那么热烈
树树鲜亮透明
山山干净纯洁

半个月亮斜挂东山岭
向晚的风拂过寺院的金顶

钢冷的雪峰
氤氲在紫色的烟岚
五彩经幡迎风招展
耳边响起清脆的塔铃
蓝色的天光里
你柔情似水胴体毕现
漫山遍野
到处都是如梦如幻
晃眼的彩林

山那边送来风雪的消息
你依然拼尽前世今生
忘情守候着虔诚的人们
你不来我不走
哪怕风欺霜凌
也要用那饱蘸深情的心
铺满那条通往春天的小径
温暖行者执着的背影

奶子沟与达古冰山

当漫山遍野瑰丽多姿的彩林
遇见奶子沟碧玉翡翠般的海子
当雄伟壮丽的达古冰山
遇见一尘不染的白云蓝天
时光为之静止
万物
也为之留连

彪悍热情的康巴汉子
捧起浓郁醇香的青稞酒
金秋的高原踏着铿锵节拍
纵情歌唱忘情舞蹈
沉醉在奶子沟的七彩梦境
洁白的云朵献上圣洁的哈达
怪石嶙峋的河谷里
冰清玉洁的雪山之水
从五千米的高处腾挪跌宕
一泻而下
天地拥吻的刹那
万顷高原惊涛拍岸
孤傲的雪峰
壁立千仞乱石穿空

达古冰山
你高昂的头颅叩天问地
你伟岸的身姿立地顶天

奶子沟与达古冰川
今生今世最美的绝恋
累生累世最近的遥远
唯愿从此不再风尘仆仆
唯愿从此与你们一起
手牵手肩并肩
成为万物一员
成为永远

林芝啊，林芝

林芝啊，林芝
是谁在亿万年前种下的梦想
今天
一夜花开？

河谷中，山坡上
一束束一棵棵一片片
忘情邀约
次第盛开
层层叠叠直达雪线
装点万顷高原

是因为高原的山水纯净
还是清新的空气？
那嫩绿的叶不落俗尘
那些花
俏丽而不妖艳
漫漫一个冬季的雪藏
在这一刻
得以尽情绽放
寂寞里最热切的期待
寒风中最深沉的坚守
在这一刻

所有的隐忍都得以补偿
所有的付出
都得到大美高原
最无私彻底的奖赏

当四月的春风唤醒高原
林芝花海无边
蓝天下，白云间
孤傲的雪山
永远是最圣洁年轻的容颜
江河奔涌，大地连绵
一路向前的雅鲁藏布
也忍不住停下匆忙的脚步
顾盼留连
不为这花花世界
只为这树树娑婆

记住这些来自世界
来自内心深处的感动吧
让每一个自己
与自己相拥而泣
万物慈悲，万世轮回
所有的因都顺利结果
所有的种子都如愿开花
所有的梦想与欢乐
都缘于这花开的一瞬间

凝结成一滴泪
以致于永远

春天的思念

在一片香中打坐
在一支曲里飞翔

那迢遥的远方啊
圣洁的高原
唯有仰望

无边的花海簇拥着湖面
风吹的草原起起伏伏
都是我长长短短
最纯真的诗行

如果雪山护佑下的高原
是人间最美的天堂
我愿是那洁白的云朵
优优闲闲地流浪
如果蓝天映照下的圣湖
是尘世最后一方净土
我愿是那调皮的浪花
无拘无束地吟唱

在那阳光盛开的地方

那里有我最长情的向往
有一种幸福
满满的
都是忧伤

高原的前世与今生

每一次远行
血液中沸腾的都是激情与憧憬
每一次亲近
心里满满的都是温暖与感恩
无论你来或不来
无论你是膜拜顶礼
还是探险好奇
高原都一如既往
敞开它粗犷的山门
从森林到草原
从峡谷奔腾到圣湖澄澈
从古朴藏寨到荒漠石山
一直到那圣洁的雪线
那永不融化的冰雪
孤傲的神山
诠释着大地与蓝天旷美的绝恋

云是山的天堂
山是云的故乡
行走在这群峰拱卫
万壑争流的高原
那千花满载茵茵一碧的草海

是我眼中最温柔的画卷
那金顶红墙经幡飘飞的佛殿
是我心底最神圣的庄严

走不完的千山万水
望不断的万水千山
总有一天
我要回归这高天厚土
回到山川大地万物之间

当那一刻如约而来
我不想知道
你是否还如年轻时一样爱我
不要你不远万里
来到我打坐的湖边
我爱的人啊
我只祈祷你好好地
在这烟尘满地的人世间
我早已化作那无上的高原
默默注视那一个
又一个春天

高原的火焰
——献给康甘活佛

走下神圣的宝座
步出庄严的殿堂
你穿行于云的深处
奔波在路的尽头

松烟升腾，佛号唱起
你浑厚的经声响遍高原
扫除牧民心头的阴霾
滋润信众灵魂的牧场
你不知疲倦地奉献自己
把慈悲与智慧遍洒人间
你单薄的身影就像跳动的火焰
燃烧自己照亮沟沟壑壑
给寒冷的高原带来温暖
你灿烂的微笑就像阳光雨露
携着春风播洒希望
装点草原催生花的海洋

走下神圣的宝座
步出庄严的殿堂
牧民是你心中的菩萨
高原是你永恒的道场

丹巴美人谷

那是四月的丹巴
晨雾铺满河谷
白云缠绕着雪峰
你赤脚踩着卵石
从那清清亮亮
浅浅的小溪
飘过
五彩头巾顺风流淌

你在阳光下晾晒衣裳
岁月漂洗过的味道
氤氲了藏乡安静的早晨
你面对外乡人
微微一笑
圣洁的雪山瞬间闪耀
母性的光辉

因为手扶竹竿的
那一眸张望
我再也走不出
那野花满坡
阳光盛开的山谷

墨尔多神山的叩问

戊戌年耀先作於珠人会江之畔　䢁牛

墨尔多神山的叩问

墨尔多神山脚下
大渡河边
古朴沧桑的丹巴藏寨
在三月和煦的风里
怡然自得
桃花，梨花，樱花
百花竞放
健壮的小伙跳着欢快的舞蹈
纯纯的姑娘唱起醉人的歌
这就是梦中的美人谷
谜一样的传说

逆流而上越岭翻山
传统的藏民居遗弃在山边路旁
钢筋混凝土高大华丽的新居
涂满化学颜料绘制的藏元素
单薄的身影少了一份传承与厚重
很少见到原住民
也很少听到孩子们的笑声
偶有留守老人扶门张望
刻满皱纹的脸上
都是无奈与迷茫

游人如织闹哄哄的美人谷
正上演一出又一出
物质的盛宴

当谜底揭开
午后的阳光正好
山顶的积雪正盛
老人落寞起舞
嘶哑的歌声
让我想起巴朗山垭口回首
四姑娘山容颜圣洁
孤傲的身姿立地顶天
让我想起大渡河日夜奔流
冲破高山险阻
汇入长江大海
荡涤一切尘埃
成就太平洋浩瀚无边
波澜壮阔的时代

葫芦海之恋

题记：墨尔多神山的注视下
穿过丹巴党岭村向上
就是那海

那一湖水
千年万年
清清地
静静地
卧在群山的怀里
冷艳而温柔

三月春草离离
七月木叶萋萋
秋天冷月沉湖
冬季雪花萧萧
还有那五彩的林
斑斓了朝圣者的梦
还有那高高的雪峰
禅定了转山转湖的心

我多想赤着脚奔跑
又怕污了你

我多想搭一间草房
与你日夜相守
又怕扰了你

我在佛前许愿
如果有来生
我愿化作一块石
睡在你的湖底
我愿化作一条小鱼
嬉戏白云之上
我在经声里祈祷
如果有来生
我愿化作那些花花草草
陪伴在你的身旁

那一湖水啊
万里迢迢
就那样无遮无拦
荡漾在
我的心上

放逐与回归

关机断网
我将自己放逐
带着这身臭皮囊
还有不安分的思想
无人的高原上
来路坎坷崎岖
不忍回望
四顾苍茫
山一程水一程
前路漫长

累世情缘
累累的
都是旧梦新伤
负重前行
不如轻装上阵
至爱无求
行者无疆

风的绝响
在山谷回荡
经声佛号

在闭关的香雾中吟唱
看破即行放下
了悟洞然于心
此去经年
前缘不续
愿尘世详和
愿你幸福无恙

飞翔

云端之上
阳光倾情绽放
翼尖之下
云海恣意汪洋
幽蓝的天空深邃悠远
起伏的大地厚重绵长
放下所有迎风飞翔
扑面而来的
是无限春光
天地悠悠
天风浩荡

寄居在一颗石头上
岁月的河流
消失在虚无的远方
世界是心的倒影
而你
不过是另一个我自己
简单而干净
欢喜又吉祥

在云层之上（外两首）

（一）

风云瞬息变换
茫茫云海
浪涌天际

穿过云层
我就是天边孤傲的那朵

蔚蓝恣意铺陈
爱如长空
一碧万顷

跃上云层
你就是我心底永恒的那颗

（二）

在云层之上回望
山川大地沉静无语
河流村庄柔顺安详

在云层之上回望
城市不再喧嚣尘上
高楼不过是地球之殇

（三）

云层之上
云海茫茫
云层之上
霞光万丈

故乡与远方

回不去的
是故乡
到不了的
是远方

岁月的河流中
人生之船来来往往
都是一次自然的旅程
生命轮回的闭环里
管他逆流而上
还是顺势而下
管他擦肩而过
还是相向而行
感恩前世的善因
珍惜当下的缘分
让我们撒下春天的种子
以辛勤的耕耘
与无所期待的微笑
迎接花好月圆的来生

正直的原野

荒草凄凄杂树疯长
这朴实的土地
面对冷落
面对隔岸的灯火
与繁华
沉默不语

当行人侧身而过
当路人掩鼻而行
我来到这无尽的荒原
俯下身来
沁人心脾的
是那泥土的气息
站上山岗
映入眼帘的
是那醉人的秋装

善良点亮智慧的灯塔
汗水浇开幸福之花
滚滚红尘里
回望季节更迭
芸芸众生中

倾听岁月回声
让万千生灵尽情绽放
让所有生命共享美好
在正直的原野耕耘
庄严世间荒芜的心田

致父亲

父亲是缘分
前世三百年的修行
今生携手同行

父亲是波浪
浪浪相送
至爱无声

父亲是传承
血液中流淌着祖先的记忆
骨子里刻录着同一个音频

家风传大爱
血脉续亲情
一代代
绘就社会历史
一代代
创造人类未来

乡村记忆的七个片段

（一）

那是一个与世隔绝的小山村
四周群山环抱
羊肠小道翻山越岭
层层梯田直上云天

那是一个与世无争的小山村
半亩方塘数株古树
几片土墙灰瓦的老屋
成就了四乡八邻烟火人间

（二）

那是一个平凡贫瘠的小山村
不是往来要道
也没有引以为傲的资源
默默无闻养育着一方乡亲
经年累月无人问津

那是一个四季如画的小山村
春花满径

夏荫遮天
秋林映月
红炉煨雪
四季更迭似水流年
山村不老代代相传

（三）

那是一个简单幸福的小山村
爷爷犁田耕地
奶奶喂猪养蚕
林中有菌坡上有茶
还有种不尽的五谷杂粮
开不完的兰草杜鹃

最热闹好耍的
是乡村仲夏夜
田野里蛙声一片
闪闪发光的萤火虫
繁星满天
草木灰煨熟的红薯香味
引来了隔壁的小伙伴
爷爷的旱烟袋一明一灭
照亮了他满面皱纹
古铜色的脸

（四）

一根扁担两只箩筐
卖货郎摇着拨郎鼓
走村串户
几只鸡蛋两只鸭毛
换来了姑娘嫂子的咯咯欢笑
那勾魂的芝麻饼和辣椒糖
甜蜜了孩子
童年的梦乡

（五）

爸爸的爸爸叫爷爷
爷爷的爷爷叫祖宗
我的爷爷叫善主
一生勤俭
唯善是举

（六）

一代亲
二代表
三代了
家家户户了了又了
世世代代了了不断

（七）

一家红白喜事
全村喜悦忧愁

中华屋
地球村
天下一家人
万物一家亲

乡村之夜

夜的怀里
一切都归于平静

风掠过树梢
脚步匆匆
惊醒杂草横陈的石板路
长长的背影留给乡村
留在一条祖辈穿行
深邃久远的小巷

泥土芬芳四溢
春笋在地下
不屈不挠地向上
远山灯火明亮
那里有婴孩的啼哭
还有年轻母亲幸福的模样

乡村仲夏夜的怀念

那是很久很久以前的夏夜
劳作一天的爷爷披着大手巾
独自坐在凌乱的塘埂上
如同草垛下反刍的老牛
像宅院角落里
那截弃用的树桩
对望着黑魆魆的群山
那粗糙的手
刻满皱纹的脸
在旱烟袋的闪烁中清晰

那时候乡下没有电视
甚至没有电灯
萤火虫一明一暗
水田里青蛙的合唱歌声嘹亮
夜风吹过
草木灰里飘来煨红薯的香味
古老的乌桕树筛落一地星光

后来爷爷走了
后来我知道
他实际上从没有望过山

那些山山水水
一草一木
连同勤劳和善良
都种在他心里
种在那生生不息的血脉里
没有泪水
也没有梦见

守望

深冬的一个午后
风止树静阳光充盈
难得的温暖慷慨铺陈
迷离了旧梦
驱散了闲愁

老屋卧在山的怀里
经年的风雨斑驳了土墙
池塘边的老榆树
站在岁月的烟岚里
发呆
远山更远处
朝阳晒暖背风的所在
有先人慈祥的目光
越过山岗
白云悠悠歌声旷远
那是岁月之河远行的方向

就着午后慵懒的阳光
翻晒那些历久弥新的记忆
我如冬闲的老牛
站在草垛旁远眺

反刍平凡世界
那些四季杂陈的味道

故乡的一个冬夜

布谷鸟催熟了春天
饱蘸雨水的林子密实茁壮
绿色越来越深
季节越来越简单明了
恰如街头巷尾姑娘的着装
清凉且楚楚动人

热情洋溢的夏天来了
志趣相投的朋友也来了
想起大山深处那个冬夜
三十年前的知音老酒
激情碰撞
火红的木炭连同土炉一起煨熟
食物的原香充盈着木屋
送来温暖
送来相惜
送来人生小小的满足
大大的幸福

思念

戊戌年蟬先生

於珠山

思念

一天又一天
在渐次静谧的夜晚
我放下手中的唐诗宋词
借着窗外的月光
想像遥远的故乡
那明清的模样

一月又一月
骄阳熄灭了桃李的热情
秋风送来了桂香
我捧一杯春茶
在反反复复的冲泡中
品咂那岁月的念想

一年又一年
四季更替寒来暑往
在老屋的草垛旁
我温一壶老酒
夕阳下翻开陈年相册
抚摸那尘封的时光

一生又一世

青山依旧碧水长流
在前世今生的轮回里
我依然一袭青衣
兀自伫立红尘的窗前
守候在老地方

故乡

南山岭上的雪渐次消融
北归的雁成群结队
飞过窗前

柳如烟
草冒芽的气息如兰
后山的鸟鸣鲜活了春梦

向阳的湖面上有雨走过
一圈一圈漾开
托起亭亭玉立的小荷

雁叫声声
那是出发的号角
不是归程

梦中的小山村

山一程水一程
蓦然回首
云雾缭绕中
故乡是那永远睡不醒的
小山村
那是我儿时依稀甜美的梦境
门前那一方小小的池塘
是一盅永远也喝不完的思乡陈酿
那一株老栯树
给了我们多少盛夏里的荫凉

水一程山一程
岁月无声
颠着小脚的奶奶
化作夕阳里起伏的蒿草
爷爷一明一灭的旱烟袋
点亮了山岗上灿烂的明星
初春的田野
是早孕的小山村
一代代的人们
就是那一茬茬的庄稼
一茬茬的春秋冬夏
鲜活而真实

行走在初春的早晨
千年石板河上
那些飞溅玉般日
渐渐泛
清亮亮的漫水
随意地浸润
温
雾
地包
裏
的烟千净的阳光清
清清爽爽
行走在初春的早上
苍苍的松宿在山冈
青青翠竹揉
曳在山崖畔
沟旁
老人惊诧
的小花随处
连绵不继
返青的走逆
净动首多
新的诗行
杨正柳诗句
戊戌年蝴先绘于

行走在初春的乡下

行走在初春的乡下
千年石板河上
那些飞珠溅玉般日渐活泛
清亮亮的溪水
随意地浸润
温柔地包裹
如同走心的音乐清新悠扬
如同干净的阳光清清爽爽

行走在初春的乡下
苍苍的松守在山岗
青青翠竹摇曳在崖畔沟旁
惹人怜爱的小花随风起舞
返青的麦苗连绵不断
涌动着乡村最美的诗行

行走在初春的乡下
那些尘封已久的红尘往事
那些不堪承受的生命之重
都随着时光遗忘
欣欣然幻化成这世上
最无上美好的春光

站在南山回望

站在南山回望
高楼鳞次栉比
灯火璀璨辉煌
满目繁华
车来船往

站在南山回望
山道时隐时现
来路曲折苍茫
蹉跎岁月
苦乐时光

站在南山回望
故园幸福温暖
已非旧时模样
春花满山
有雨微凉

千年卢村

喜欢你白墙黛瓦翘角飞檐
喜欢你阳光下的清清亮亮
喜欢看老人倚着木栏杆
不急不忙从容的时光
喜欢看孩子坐在石凳上
画山画水
那沉静年轻的模样

多么希望
我是你山脚下一条小河
缠绵在你的怀里
绕着山村日夜欢歌
多么希望
我是你小路旁一株老树
为过往的行人撑起亭亭华盖
衬着蓝天倩影婆娑

哪怕是一汪水
我也要清清一碧
伴着鱼儿入画
哪怕是一棵草
我也要萋萋望远
随着风儿忘情舞蹈

梦里江南（外两首）

（一）

和着　唐诗宋词的韵脚
江南的春天
扶柳而来
雨如烟　月如洗
远山更远
清溪更近

飞檐翘角的巷里
我是一个执着的行者
马踏落花
得得的蹄声
恰如你低吟浅唱
惊醒一地繁华

（二）

在清新的三月
在花开的季节
你如约而来
你真诚的礼赞

如摇动的经幡
你深情的呼唤
如盛开的马兰

在早春的江南放歌
夜风微凉
华灯初上
你轻轻一声叹息
只是轻轻一声
模糊了江南烟雨
朦胧了刹那芳华

（三）

三三两两不期而至的烟雨
这一片那一缕白纱
让溪流更欢
远山更幽
让心沉静
老宅愈加清新淡雅

阳光从云的缝隙里溢出
温暖了湿漉漉的心情
白墙黛瓦的老房子
伫立在山脚下
蔚蓝的天空

照亮了我的身体

风从江南走过
我在风里穿行
那牵挂的
那放下的
在小巷深处
在花格窗的后头

江南的春天
就这样裹着烟雨而来
又随着晴和而去
一切就这样于不经意中
如影随形
安静而又美好

江南早春

辛夷花怯怯的期待里
谁的脚步
急切而又坚定
门前小河无忧无虑
屋后百鸟欢欣
一串脆鸣
一个亮丽的剪影
闪入空谷
崖畔杜鹃含苞
谷底兰香四溢

行走在早春的江南
金黄的油菜花
毫无遮拦地宣泄
灿烂的心情
这江南的早春
这无牵无挂的行人
望远山舞翠
任白云轻轻

沉默的
江角

戊戌年魏光
朱共珠台印
江之畔

沉默的江南

缥缈无瑕的烟云
群山春装初着
那是高高低低的沉默
逶迤到天边

日夜不息的小河
村庄粉墙黛瓦
那是远远近近的沉默
醉卧在山间

拥挤热闹的田野
青牛雨中伫立
那是淅淅沥沥的沉默
眺望着远山

沉默是首歌
伴我江南走过
沉默像条河
流淌无尽欢乐

醉江南

晨雾妖娆
轻掩江南旧梦
茶香四溢
唤醒迷海归人

庭院深深
浅笑盈盈
布谷欢唱
百鸟和鸣

撩人的
何止是酒
熟透的
不仅是春

心之城

群山的簇拥下
小小的城
静卧在乡村的胸口上
如自然生长的树木
如自由流淌的小河
欢欣而又清爽

白墙　灰瓦
马头墙
柱础　雕梁
花格窗
浸润人生百味
承载历代风霜
迎送朝露晚霞
诉说快乐忧伤

半个月亮
悄然挂在西山岗
是心
清清白白
是眼
明明亮亮

青石板路仄仄平平
又是谁
在小巷深处
低吟浅唱
山脚下　修竹旁
种一畦菜盖三间房
守着半亩池塘
在草木与线装书的香味里
守望老家的方向
无关想往

宏村之恋

晨雾缭绕掩不住你
白墙黛瓦的清新淡雅
夕阳西下藏不起你
飞檐翘角的历史烟霞
宏村啊宏村
我梦中的老家
你安安静静躲在群山的怀里
忠孝传家
你就是江南山水里
那旷世神话

小巷推窗推不开那
隐隐约约的低吟浅唱
溪流婉转流不走那
曲曲折折的旧梦闲愁
宏村啊宏村
我心上的人啊
你落落大方走向世界的舞台
诗书继世
你就是华夏蓝天下
那绝代风华

水墨宏村

湖水温温顺顺
卧在山的怀里
连绵起伏的思念
映在水的心上

轻风拂过竹林
鱼儿游上云朵
细雨霏霏云雾徘徊
留连了寻梦者的脚步

梦中老家

古老的村庄沉静安详
村头老树落寞中眺望
流溪与蛙声倾情合唱
金灿灿的油菜花恣意开放

云雾在山间流连惆怅
皎洁的月亮挂上山岗
岁月更迭斑驳了旧墙
你年轻的容颜永在我心上

有水的家园

在城市的边缘打坐
林海此起彼伏
我以一棵树的姿势
守望高楼林立的天际线
万丈红尘里
那些忙碌的身影
那些疲倦的面容
让我心疼
以致无言

风从岗上掠过
早枯的叶子在月光里零落
伴着秋虫的低吟浅唱
星星的注视安静而高冷
人间四月杜鹃盛开
有水的家园
在晨露和秋霜里饱满
我以石头的坚定和老宅的沧桑
迎接朝气蓬勃的暖阳

清明（外一首）

（一）

一夜春雨
洗亮了天空和原野
平畴静展远山安详
金黄的油菜花铺满田野
簇簇杜鹃映红山岗
晨雾缠绕着山腰
清亮亮的河水顺谷流淌
耳畔响起青牛的呼唤
村口古旧的池塘边
老树郁郁葱葱
依然是儿时沧桑的模样

置身清明的故乡
我在春生夏长的季节
回望秋收冬藏的时光
那些远去的人们
是否也一样在远方回望
刀刻般的皱纹
黝黑的脸庞满头风霜
腰弯成了一道山梁

一生辛劳
深耕细作
种植正直和善良

古老的山川肃然伫立
树林里飘来草木的清香
站上高岗凝望
满目都是绿色的海洋
黄昏的风吹起我的头发
夕阳中影子插上金色的翅膀
雨未至风已来
我正一正衣襟
在袅袅香雾里致敬
转身大踏步走向季节深处
走在清明谷雨的路上

（二）

乍暖还寒的日子
雨不期而至
天空低垂
大地沉默
思念的云雾铺满河谷
漫过连绵起伏的山岗

夜已深深
久违的音乐如山泉流淌
我捧一撮明前的茶
就着朦胧的月光
将那熟悉的味道
连同过往的岁月
投入壶里
连同零落的心事
冲泡蒸煮

春去了又来
花谢了又开
远山的呼唤
清明了心底的渴望
轻轻一啜的温暖
彻彻底底
融化了过往氤氲的时光

故乡的清明

风从柳枝轻拂中掠过
雨从云雾缭绕里摇落
翠鸟和鸣的午后
我从故乡的原野走过

路旁无名的小花
可着劲儿兀自盛开
记忆中
奶奶踮着小脚
在池塘边老树下打望
水面初平
远林漠漠

我从故乡走过
原野一片春色
山上的桃花开了又落
村口的小河简单干净
日夜吟唱
播洒着欢乐

檵木花开

清明雨水的浸淫下
山日渐鲜活而丰盈
这一片那一簇鹅黄嫩绿
掐得出山泉
擦亮路人的眼
温暖游子的心

春风吹过
檵木花开
那一树树洁白的花
开遍山谷
站满山坡
一直高举到山岗
盛开在春山深处
百花争妍
你是最朴素的一朵
绿影婆娑
你是最夺目的一棵

雨水断断续续
小径时有时无
清明的氤氲烟岚里

我沿着父亲的足迹
折一串檵木花
插在爷爷的坟头
以诗为茶
以花佐酒
我在对饮里记起
你另一个名字
纸未花
山已醉，花正开

故乡的池
菜花
戊戌年耀
光生於
群山之
江之畔

故乡的油菜花

大片大片的油菜花
盛开在三月的天空下
挨挨挤挤
拼尽一生的热情
以最纯真眩目的金黄
装点阡陌田畴
那里有先辈
躬耕垄亩的背影
还有那简朴温暖的老家

没有长焦短距闪光灯的喧嚣
也没有游人如织的繁华
无论烟雨濛濛
还是风和日丽
你就那样簇拥在田间地头
如同那一个个一群群
走过岁月风尘的平凡身影
骄傲而又倔强地
高举着美丽的宣言
在千年大地上静静盛开

吸吮着先辈勤劳的汗水

承接日月精华
在生命谢幕的最后一刻
你精心酝酿
捧出大自然的玉液琼浆
你用一个繁花似锦的春天
惊艳于万千生命
平凡的时光
感恩那些简单快乐的年华

梦中的映山红

阴冷的雨急切地
敲打着老宅的屋面
顺着瓦沟竹简
溅湿了墙脚古旧的青砖
斑驳的苔藓
贮满泪滴
一颗又一颗
诉说着陈年旧事
泛黄的回忆
如寒风中零落的叶
蜷缩一团
卷落在无人注视的水沟

漆黑的夜里
我睁大漆黑的双眼
裹紧风衣竖起领子
在祖先勤劳与善良的注视下
顶风冒雨疾步如飞
裸露的杨树林
是战败的阴谋诡计
虚伪的嘴脸
连同寒冬落荒而逃

昏暗的路灯纷纷熄灭
梦中的映山红
盛开在四月的丽日晴天

一个遥远的夏夜（外一首）

（一）

凉风吹过
月影婆娑
我从林间穿过
花开花落

经声飘过
香雾婀娜
我从佛前走过
临水而歌

（二）

我从院子穿过
院里一片春色
春花满枝
有风摇落

风从林子穿过
林中鸟语欢歌
无忧无乐
绿影婆娑

題杜鵑

生生世世的蓄積
戊戌年驚蟄

只為人間四月天
生兆珠 山

题杜鹃

生生世世的蓄积
只为人间四月天
倾情铺张
那一年一度的繁华
万花簇拥
百媚千娇

万物自有风情
可谁能体会
那曲干虬枝背后
那颗抱朴守拙的心
天地一色
花落无声

在季节深处行走

杜鹃啼血
一声追一声的呼唤里
娇艳的花零落成泥
稚嫩的果是生命
旺盛蓬勃的无声注解
层层叠叠的绿
掩不住季节传承

云饱满而富有
水阔大而悠长
在时光的河流里洗尘
在岁月的红尘中洗心
春深露重
步履轻盈

春天的祝福

四月，风雨已不再扭捏回避
大大方方谈起了恋爱
日日夜夜纠缠
那些尘封泛黄的记忆
早已花枝招展
春水漫过石砌驳岸
时光最沉静坚硬的心事
沉入湖底

不甘平庸的草木悄然绿满大地
鹧鸪的欢鸣越过拥翠的山岗
衔来一串串亮晶晶的雨滴
密密斜斜的思绪
在水面盛开
感天动地
行走在逶迤
抑或平凡的岁月里
尘世近在咫尺
却又远在天涯

阳光在风雨之后
更加清新亮丽

我俯下身子
将那些落花一一拾起
岁月风尘中凋零
不过是生命最华丽的转身
我在四月的风雨里闭目诵经
感受季节深处
花谢花开的落寞与欢欣
祝福所有春暖花开
都成为经天纬地的风景
祝愿所有风雨中的追循
都有一个最美的前程

立夏

夏天来得悄无声息
在电闪雷鸣狂风暴雨中
我看到春天的背影
一起远离的
还有那无限春光
那叫人缠绵悱恻的
柔情蜜意

我知道有一天
秋风一定会吹落树叶
有一天
大雪随风而至
青山一夜白头

岁月流转
四季轮回
我知道有一天
叶更绿
花更红
那灿烂的春天
一定会再回来

小满

在深春浅夏
深深浅浅的时光里
金黄的野菊花
摇曳生风
挤满山坡

最是那低眉回首间
那不是花香
那是你淡淡的诗行
浅浅的忧伤
有些路注定只能一个人走
有些话
注定只能自己对自己说

那些独一无二的
一定都在
别人看不到的地方

七夕（外一首）

（一）

风从窗外走过
秋虫在草丛里呢喃
三三两两的灯火
是谁的明眸
在守望

树叶沙沙
夜凉如水
有歌
掠过树梢
有叶
飘落路旁

独行者的脚步
惊飞密林深处的归鸟
矫健的翅膀
划动月光
迢迢的银河清晰而温暖
不再惆怅

（二）

今天　云消雾散
星空灿烂无比
鹊桥以善良的愿望搭起
世代相传的美好传说
总是在秋水澄明的季节
成为这个娑婆世界
最动人的真实

当爱已成往事
不必问情归何处
不必纠结花落花开
水流为善
叶落至真
春天在迎风飞舞的雪花之外
在每个人的心中

秋天的行吟
戊戌年 耀光作于合肥 起此

秋天的行吟（外一首）

（一）

秋天已悄然而至
那些曾经
都已成为过往
成为目力之外
不可复制的风景
如同凋零的叶
远逝的春
如同午夜凉透的茶
那一场流水落花的梦

地动山摇重塑大地风景
却改变不了
星球运行的轨道
风云激荡让天空骤然变色
却丝毫不能
增添宇宙虚空的烦恼
雪花飞舞
你冷艳如冰
再也不能让我动心

（二）

木叶萧萧
夕阳西沉
寒蝉幽切
落叶无声
时光无恙
秋月无痕
雁鸣长空
天地有情

深深一声叹息
轻轻一个转身
谁许长情拥抱
温暖三世三生

如果有来生

题记：蓦然回首
千山万水
登高望远
万水千山

如果有来生
我愿意长成一株树
站在你日日经过的路边
树叶在风中缠绵
那是我的叮咛和惦念

如果有来生
我愿意汇成一汪泉
流过你夜夜推窗的房前
歌声在月光下婉转
那是我的不舍和眷恋

如果有来生
我愿意开成一朵莲
年年岁岁
在经声佛号里祈愿
岁岁年年

在袅袅香雾里无言

哪怕风寒露重
我也要将仅剩的
那颗素洁的心捧出水面
哪怕残枝横陈
我也要拼尽一生的虔诚
以最美最真的容颜
装点三世尘缘

唯有你

以盛夏的温度捂热
不胜寒的高处
这火红的夕阳啊
是我炽烈赤诚的心
再远的距离
唯有你能感受
唯有你
让我追逐的脚步
永不停歇

过早凋零的树叶
在空中飞舞成蝶
当如水的月光
以风一般的速度包裹
我知道
长空浩荡
我只是平凡的一朵
我知道
草木万顷
我只是不起眼的一棵

尘埃落定

所有的努力归于平静
我忍不住泪落如雨
夜色啊
请接纳我的悲伤
我的欢乐

一切随风
唯有你
才是我的全部

送别

秋风扫过屋后的树林
冷雨敲打北窗
谁的泪水顺着玻璃流淌
湿润了过往时光

那些清晰抑或模糊
那些快乐抑或忧伤
就像凋零的叶
就像无声的河
就像书翻开又合起
就像茶端起又放下
在袅袅的香雾里
斑驳了岁月
沧桑了容颜

一声犬吠
惊飞疲倦的归鸟
车灯撕开无边的黑暗
远行者再次出发

网

当清晨第一缕阳光
你长长的睫毛微微
戊戌年嫒生于合肥记之

网

当清晨第一缕阳光
透过窗帘
你长长的睫毛
微微抖动了一下
嘴角一丝不易察觉的笑容
告诉我
我在你梦里
你在我心上

昨夜的风
晾干了前世的清泪
一个拥抱
如漫堤的江河
瞬间淹没
我知道你是醒着的
那甜蜜里的一丝苦涩
那苦涩里的一点寂寞
不忍触碰

雨夜

人生最好的善待
唯有独处
灵魂最妥帖的安放
莫过于雨夜无眠

一切都在深深的夜色里沉睡
一切都在沉沉的睡梦中掩埋
然而，然而
那些曾经的岁月
与远逝的年华
那些快乐和忧伤
彼此的深爱与戕害
却在这无边的夜色里
清晰如昼
平静如水
烛照可以想象的未来

雨趁着夜色
急切地赶路
沙沙的脚步
踩痛了醒者的梦

黑夜擦亮我黑色的眼睛
可以触摸的天光里
雨水一寸一寸
湿透我裸呈的灵魂
在这个充满悲情
与诗意的世界里
我知道
我依然深深地爱着你

醒着是一种痛

无边的夜色
掩盖不了醒着的双眼
和灵魂

从小到大
到老
从古至今
以至于可以想象
不可触摸的
未来

那么多的人
近了
又远了
那么多的事
风起云涌
又烟消云散了

醒着是一种痛
不是彷徨无助
是独自舔舔伤口
醒着

不是寂寞
是孤独

观（外一首）

（一）

看！彼岸
是昼夜颠倒
四季不分的城市
街道如河
岁月如车呼啸而过
时光匆匆
斑白了谁的发
褶皱了谁的心

夜深人静
风依然风风火火
急切地赶路
林木沙沙的脚步
惊醒归鸟的梦
万物倾听天籁之音
隔岸相望
我不是局外人

（二）

那么多人
那么多忙忙碌碌
那么多忧怨烦恼

不同的时空
不同的版本
演绎大同小异的故事
变换似曾相识的嘴脸
世界如此简单
人生如此短暂
岁月蹉跎
美好与幸福总是擦肩而过

而我
一直在你身边

醒着的夜

夜色深深
深深的夜里
有多少不眠的灵魂
有多少大睁的眼
那或明或暗
层层叠叠的窗户后面
有多少卿卿我我恩爱缠绵
又有多少同床异梦怨恨上演

大街上呼啸而过的车流
如同岁月呼啸而过
似大海波峰浪涌
像松涛此起彼伏
亿万年前的激情碰撞
造就高山峡谷的奇险
云遮雾绕的千娇百媚
惊艳时光深处的红颜

这醒着的夜晚
比昏昏沉沉的白天
愈加触目惊心
深深的夜里

我深深祈祷
愿每个人都有一双
开悟的双眼
愿每一个灵魂
都能安然入眠

在路上（外一首）

（一）

奋斗是奋斗者的修炼
远行是远行者的道场

梦想是梦想者的灯塔
孤独是孤独者的资粮

（二）

有些人注定只是擦肩而过
有些路注定只能独自行走
有些话
注定只能
自己对自己说

人世不可欺
人生不可蹉跎
善良和真诚
是人性最美的花朵
即使得不到相应的回报
至少可以收获

自心的安祥与丰盈

江河行地
日月经天
四时有序
大道自然

午夜时光

那时 你身着青花的唐装
从墙上的中国画
如一声叹息
飘过我身旁
从此
唐诗平平仄仄
宋词短短长长

森林般的城市
依然野蛮疯狂地扩张
灯红酒绿
车来人往
午夜的街头
依然喧嚣尘上

空气中弥漫着淡淡的花香
谁家的窗口
飘来着那熟悉的吟唱
那些曾经
都已成为过往
再也见不到那旧模样
再也回不去那老时光

惘然

寒来暑往春去秋来
轻风不懂世故
岁月不解风情

从花团锦簇到落红满地
从枝繁叶茂到枯枝横陈
花谢根犹在
零落叶无痕
春秋原不老
惘然无须问

无题

总是在不经意间
想起那些温暖的时光
总是在悄然独处时
浮现那些不曾珍惜的过往

因为一句贴心的话
甚至一个微笑
一声叹息
已足以让我泪流满面

总是在一群人的喧嚣里
凝神倾听来自岁月的回声
总是在长途跋涉的途中
伫足回望万水千山的烟尘

因为一路有你
有你们
无有憎爱
所以永恒

车站

揣着梦想的人们
从四面八方涌入
又奔赴四面八方

车流如水
人流如织
望穿茫茫
我只为那熟悉的背影

你是我的过站
不是归程

别离之殇

夕阳没入天边的山岗
你西行的背影
消失于金色的云朵

当朝阳从东方的地平线
再次升起
我依然逐梦前行
那是你的方向

星夜兼程芦苇渐黄
有谁知道昨夜
那无法言说的别离之殇

季节深处的思念

走在枝察叶茂的季节深处
大红的洁白的夹竹桃
花团锦簇沿路相送
栀子花的香味驮着斜阳
如同你落满余晖的笑脸
无处不在
湖面上传来你的歌声
穿透时光照亮灵魂
照亮那那些过往和曾经

汛期就要来了
涨水的日子
思念连同疯长的水草
一起沉入黑暗的湖底
素洁的心
不起一丝波澜

万里之外
千年冰封的雪山
状若菩萨的金殿
风掠过山脊
搅起的

那不是雪花
那是我刻进骨子里的虔诚
是你千年不变
永不消逝的青春

老家
——台湾老兵回归三十周年纪念

我的老家在高山
在云的深处
在海的那边
清澈的小河日夜倾诉
屋后埋着我善良的祖先

我的老家在草原
在天之尽头
在山的那边
黝黑的经筒四季呼唤
梦中的阿妈守望年年

那山那水那归雁
那是我身后永不沉没的海岸线
那年那月那炊烟
那是我心中永不褪色的底片

老家在心上
老家在眼前
默默不得语
盈盈一水间

天柱山情歌

披着春秋烟霞
踏着汉唐节拍
你从远古走来
中天一柱立地顶天
云遮雾绕中你孤立穹霄
寂寞繁华里你气宇轩昂
岁月的风霜雕刻
你铮铮石骨怀柔肠
三祖寺塔影横斜
你山谷禅泉泽四方

任其山高水长
管他雨雪风霜
千万年守候
只为那梦中的君王
千万年许愿
只为那心灵的故乡
岁月的沧桑掩不住二乔的倩影
南飞的孔雀倾诉着对爱情的的向往
那些快乐那些悲伤
顺着皖河流淌
那些过往那些时光

催人奋进怀想

清清皖河水啊
巍巍天柱山
心中的老家永恒的向往
一生一世不可不读的山水
生生世世不想离开的地方

天柱颂

生命如流星短暂
岁月如星空璀璨悠长
管他康庄大道
还是崎岖坎坷
都是人生之歌
都有唱不尽的忧伤欢乐

大丈夫生当如天柱
铮铮石骨傲立于世
穿越千山万水
矗立天地之间
天高地厚
逐梦向前

大写的金沙江

横空出世
你已站在生命的最高处
环顾四野
万涓汇聚
你是高原的灵魂
浸润大地
你是神圣的雪山
立地顶天

美丽的草原绿草萋萋花海无边
流连忘返的溪流
不过是你对故土千回百转的依恋
大大小小的湖泊
只是你在这片生你养你的土地上
短暂的逗留
那美丽的东方富庶的江南
才是你毕生追逐的梦想
那汹涌澎湃无边无际的海洋
才是你魂牵梦绕刻骨铭心的向往

高山峡谷挡不住你前进的步伐
左冲右突甚至纵身一跃

一泻千里
那些千难万险都已远远抛在身后
平原上你总算可以松一口气
舒缓一下日夜兼程的脚步
面对城市灯红酒绿的诱惑
你不敢有一丝迟疑
从容面对那浅滩暗礁的漩涡
你不敢有半点蹉跎

金沙江，我的母亲河
一个多么熟悉的名字
你就这样日日夜夜
在我身边流过
你就这样世世代代
哺育着中华儿女
时时刻刻激励着我们
奋勇向前代代传承

金沙江，我的母亲河
一条多么温暖的河
向着东方你逐梦前行
一路风景一路歌
向着大海你奔流不息
那些苦难辉煌的岁月
厚重了五千年历史
装点万里山河

顶礼恒河

恒河，我梦中的河
我从万里之遥抵达你
我用我的双手
不！我用我的目光
用我震颤的灵魂
一遍又一遍触摸你圣洁的身体
你从亘古的高原腾挪跌宕一路走来
顽强的身体里流淌着雪山的冰清玉洁
你从历史的烽烟前赴后继一路向前
坚忍的双眸里闪耀着无边的智慧与慈悲

曾经你也是一个幸福的王子
使命让你果断地放弃
曾经你也是一个弱小的孩子
历史选择了你伟大的担起
就这样静静的穿越时空
就这样静静的顶天立地
你静静的流淌
以慈悲的雨露滋润干涸的土地
以智慧的甘霖点亮人性黑暗的天空

人类的执着与无明如迷雾

蒙蔽着我们的双眼
人类的贪婪与愚昧如烈焰
炙烤着我们的灵魂
千百年来
你以最宽广的胸怀接纳世界
你以永不枯竭的动力
荡涤着忧伤与尘埃

当轮回的朝阳再一次
从恒河的彼岸升起
我沐浴在你金色的光芒里
倾听来自你身体里的声音
它照亮我的暗
它击穿我的小
它让我一瞬间幻化成恒河的一滴水
澎湃的激情掀起无边的波浪
它让我一刹那沉淀成恒河的一粒沙
彻悟的疼痛与欢喜
都已幻化成无边无尽的风景

恒河，我梦中的河
你的微笑我已收获
你的嘱托我亦记得
我愿意此生与你相守
我愿意来生也像你一样
做一条静静流淌的河

九华山映象

九华的晨光里
初夏的风顺谷流淌
清凉而甘冽
月光甜美的面容
素洁如母亲的微笑
看人来车往
看流云飘过山岗

山顶香雾缭绕
虔诚的人们拾级而上
当太阳再一次普照大地
经年的石阶光滑如镜
林泉激越
石心生莲
那是千年颂经的回响

浴佛

清冽的晨光里
佛音响起
经香肃穆沁人心脾
佛陀慈目低垂双唇微启
永恒庄严的微笑
让温暖和欢喜瞬间
充盈身体
面对佛陀我虔诚跪拜
香汤遍洒净水浴佛
洗去佛陀度化众生的辛劳
也洗去我内心的尘垢
让慈悲永驻
让灵魂干净

浴佛
浴己
浴心
烦恼随风而逝
千花满载而归

告白
——致世界

总有一天
我将离开这个世界
叶落了会出
花谢了会开
我走了
永不再来

你再也听不到我的声音
看不到我的样子
更感受不到我的体温
和爱
所有的记忆和回想
都将变成虚无
甚至对于你
连虚无也得不到

我将永远地离开
这些文字是我最真诚的告白
我再也不会
生活在你的生活里

这个世界
我从未存在

后　记

　　诗，缘于生活与爱好，成于感悟与思考。且行且思，且悟且记，点点滴滴，恰如涓涓流水，毫不起眼。在朋友的怂恿与鼓励下，得以汇聚成册，既是对过往的小结与回顾，也是对未来的展望与期许，欣欣然不胜惶恐与感激。

　　惶恐的是，过去只是把诗当做自娱自乐、自我消遣的一种方式，现在拿出来结集出版，丑媳妇见公婆，接受社会的检验与大众的批评，自然不安。转念一想，唯有对社会有益的创作才有价值，唯有大众的批评才能促进创作的进步与提高，这不正是我想要的吗？遂释然。

　　释然之余，剩下的唯有感激。感激四川音乐学院著名词作家王德清老师的鼓励并作序；感激中国文联出版社王斐老师的精心策划与设计；更令我感动的是景德镇著名陶瓷艺术家马耀光老师百忙之中抽出宝贵时间，为我的小诗配画，让这本书更加活色生香，更加回味悠长。

　　相对于做企业的我，写诗是副业。然而，它却是我不可替代的一种生活方式，我手写我诗，我心抒我感。财富自由给我带来物质相对的满足，写诗却能让我的灵魂得到慰藉和快乐，走得更高更远，获得自由与真正的富足。而且，文化与产